Je voudrais que quelqu'un m'attende quelque part

FichesdeLecture.com

JE VOUDRAIS QUE QUELQU'UN M'ATTENDE QUELQUE PART (FICHE DE LECTURE)

Je voudrais que quelqu'un m'attende quelque part (Fiche de Lecture)

I. INTRODUCTION

L'auteur

Anna Gavalda est née le 9 décembre 1970 à Boulogne-Billancourt. Après avoir obtenu une maîtrise de lettres à la Sorbonne, elle fait quelques petits boulots pour finalement se lancer dans le journalisme et envoie sa candidature à Madame Figaro.

En 1992, elle devient lauréate du prix du Livre Inter pour « La plus belle lettre d'amour », elle rédige alors des lettres de motivation, d'amour, de rupture pour les autres. Elle est ensuite professeur de lettres dans un collège.

En 2000, elle reçoit le Grand Prix RTL-Lire pour son premier recueil de nouvelles « Je voudrais que quelqu'un m'attende quelque part ». Ensuite tous ses livres deviennent dès leur sortie des bestsellers comme « Je l'aimais » vendu à 1 259 000 exemplaires et « Ensemble c'est tout » vendu à 2 040 000 exemplaires.

L'œuvre

« Je voudrais que quelqu'un m'attende quelque part » est un recueil de douze nouvelles écrites en 1999 et aux éditions Le Dilettante. L'œuvre s'est vendu à 1 885 000 exemplaires et n'a pas quitté les classements des meilleures ventes pendant des mois. Le livre a été traduit dans une trentaine de langues.

II. RÉSUMÉ DES NOUVELLES

Le recueil contient douze nouvelles mais nous choisissons ici d'en résumer dix.

Petites pratiques germanopratines

Un homme et une femme se croisent dans la rue à Saint-Germain-des-Prés. Ils se regardent, se sourient l'un à l'autre, c'est un cette situation anodine. Mais l'homme ose s'avancer vers la femme et l'invite à dîner le soir même. La femme qui à la fois espérait qu'il fasse le premier pas, trouve sa démarche romantique mais lui répond que c'est un peu rapide et lui demande de lui fournir une seule raison pour qu'elle accepte l'invitation d'un parfait inconnu.

L'homme passe sa main sur son visage pas rasé et lui demande de dire oui pour qu'il ait une raison de se raser, elle accepte. La jeune femme attend beaucoup de ce dîner, ils se retrouvent au restaurant et semblent émus mais le téléphone portable de l'homme sonne. Ce qui brise instantanément la magie du moment, elle est furieuse et le devient encore plus lorsqu'elle le surprend jeter un coup d'œil furtif sur la messagerie de son portable. Elle quitte l'homme sur un coup de tête.

I.I.G

La narratrice évoque les émotions qu'éprouvent les femmes une fois qu'elles sont enceintes, elles sont pleines d'amour et de tendresse. Elle met en scène une femme enceinte qui s'attache de plus en plus à l'enfant qui grandit en elle. Lors de première échographie, elle pleure.

Puis les mois passent, elle est à six mois de grossesse mais le bébé est mort dans son ventre. Elle doit se rendre à un mariage, hésite puis s'y rend et ne dit rien à personne. Mais une femme s'approche d'elle, pose ses deux mains sur son ventre en déclarant que ça porte bonheur. La femme tente de sourire.

Cet homme et cette femme

Cette nouvelle met en scène un couple qui part en week-end à bord d'une voiture luxueuse dans leur maison de campagne. Ils sont côte à côte mais chacun est plongé dans ses pensées, ils n'échangent pas un seul mot. Ce couple est en réalité creux, chacun semble seul de son côté, ils n'ont pas d'enfants. Il n'y plus d'amour entre aux, juste les habitudes, ils sont passifs et ne restent ensemble que pour garder leur confort matériel.

Permission

C'est dans récit que nous retrouvons, le titre « Je voudrais que quelqu'un m'attende quelque part ». Un jeune homme de 23 ans est dans le train, il a une permission pour son anniversaire et se rend chez ses parents. Au cours du trajet, il se remémore ses moments passés à l'armée, qui l'a rendue plus pessimiste qu'il ne l'était.

Arrivé à la gare, comme à chaque fois, il espère secrètement qu'il y aura quelqu'un pour l'attendre. Mais il sait que sa mère travaille et que son frère, Marc ne viendra pas à cause de la distance. Il a une certaine admiration pour ce frère qui semble réussir ou lui a du mal.

Il arrive chez lui, les chiens lui sautent dessus et, il se sent bien. Et là, surprise, ses parents lui ont organisé une fête, son frère lui présente Marie. Elle lui plaît immédiatement et ils se la disputent au baby-foot. Le plus jeune perd la partie mais lorsqu'il se couche seul dans le salon, elle apparaît nue en train de se couvrir le corps avec les papiers cadeau. Il est surpris et content.

Le fait du jour

Un homme, agent commercial de chez Paul Pridault regarde les informations du soir et découvre avec stupeur qu'il est à l'origine d'un accident de voiture dans lequel plusieurs personnes ont trouvé la mort. Il réalise que plus tôt dans la journée il a effectué une manœuvre imprudente car il avait loupé la sortie de Bourg-Achard. Le conducteur criminel qui s'est enfui, c'est lui mais il ne s'en est pas rendu compte.

En l'espace d'une seconde, sa vie bascule, il est devenu un dangereux criminel. Son existence ne pourra jamais plus être la même. Il se sent coupable
et lâche à la fois, il devra vivre avec ce sentiment tout le reste de sa vie.

Catgut

Nous sommes à la campagne, une jeune femme vétérinaire tente de
se faire une place parmi les paysans. Mais un soir trois d'entre eux ivres la
violent. Elle s'apprête à se venger, elle partage un verre avec eux, alors qu'ils
s'endorment dans la paille, elle leur injecte un anesthésiant et châtrent
deux d'entre eux. Elle coupe les couilles du dernier et les lui greffe sous le
menton, puis elle appelle la police.

Junior

Junior, Alexandre Devermont est un jeune homme de vingt qui passe
ses vacances en province dans la maison familiale. Cet été il traîne avec
fils d'un gros cultivateur de la région, Franck Mingeaut. Ce dernier voit en
Junior issu d'une famille aisée la possibilité de rencontrer des jeunes filles
blondes et minces. Junior vient juste d'avoir son permis et peut emprunter
la voiture de sa mère.

C'est la fin de l'été, Junior se prépare à retourner à Paris et intégrer une
école de commerce. Mais avant les deux jeunes hommes veulent aller à la
fête de fin d'été, mais ils n'ont pas de voiture convenable. Franck propose
à Junior de prendre la voiture de son père, une jaguar pour sortir en douce
le soir. Au début Junior est réticent car il sait que si son père l'apprend sa
colère sera terrible mais la possibilité de pouvoir draguer des filles l'emporte
sur ses états d'âmes.

Ils prennent la voiture, se rendent à la soirée mais sur le chemin du
retour, ils percutent un sanglier. Ils descendent, constatent les dégâts et
décident de mettre la bête dans la voiture. Mais l'animal se réveille, furieux
il démolit la voiture et terrorise les deux garçons qui l'enferment dans la
voiture. Les pompiers tuent l'animal et l'intérieur cuir de la jaguar devient
rouge vif. Junior a commis l'irréparable, il a démoli malgré lui la voiture de
son père, symbole de puissance et de richesse, lui qui voulait se présenter
comme conseiller régional contre les verts.

Pendant des années

Pierre est marié, il a des enfants mais il pense toujours à son ancien amour, Héléna qui l'avait quitté. Il croit être heureux et pouvoir l'oublier mais un jour il reçoit un appel d'Héléna qui lui demande s'ils peuvent se voir car elle a envie de revoir son visage. Elle lui confie qu'elle va mourir, cette nuit là, il ne dort pas, il se retient de pleurer en se demandant ce qu'il regrette le plus la mort de sa vie passée ou sa mort à elle.

Le lendemain ils se rencontrent sur un banc, tout lui paraît laid, elle voudrait sentir son odeur, elle se place derrière lui un bon moment puis lui supplie de ne pas se retourner, elle s'en va.

Clic-Clac

Un jeune homme vit avec ses sœurs Myriam qui collectionne les amoureux et Fanny la romantique, fidèle et sensible. Depuis cinq mois et demi il fantasme sur Sarah Briot, la responsable des ventes. Il décide d'être indépendant et prend un appartement, au début la solitude lui pèse et il guette les messages de ses sœurs sur le répondeur le soir en rentrant.

Au bout de 17 jours, las de dormir sur un matelas à même le sol, il s'achète un clic clac. Sarah Briot lui a fait des avances et il l'invite chez lui. Durant la soirée, il se demande comment ouvrir le clic clac. Puis il sourit en pensant à ses sœurs, qui se seraient sûrement moquées de lui à cet instant bien précis. C'est avec ce même sourire qu'il séduit Sarah.

Epilogue

Une jeune femme écrit des nouvelles, elle achète un vieil ordinateur d'occasion pour pouvoir imprimer cinq récits puis les envoyer à un éditeur. Dans ses nouvelles il y a de tout, mais surtout de l'amour. Après trois mois, elle reçoit une convocation pour un rendez-vous chez un éditeur. Heureuse, elle se remémore les moments d'angoisse devant l'écran d'ordinateur et se dit que ses efforts sont récompensés.

Le jour fatidique arrive, elle se demande comment elle doit s'habiller puis elle décide de se vêtir simplement avec un jean mais de porter une lingerie « à tomber par terre ». Elle se dit qu'ils devineront. Malheureusement, l'éditeur lui balance : « Il y a dans votre manuscrit des choses intéressantes et vous avez un certain style, mais nous ne pouvons pas dans l'état actuel des choses le publier ». Déçue, elle est incapable de bouger, à la fermeture des bureaux, on la met sur le trottoir dans son fauteuil. Elle finit par se lever et offre son manuscrit à une jeune fille qui attend.

III. ÉTUDE DES PERSONNAGES

« Je croise des gens. Je les regarde. Je leur demande à quelle heure ils se lèvent le matin, comment ils font pour vivre et ce qu'ils préfèrent comme dessert par exemple. Ensuite je pense à eux. J'y pense tout le temps. Je revois leur visage, leurs mains et même la couleur de leurs chaussettes. Je pense à eux pendant des heures voire des années et puis un jour, j'essaye d'écrire sur eux ».

Les personnages de ces récits

Ce sont des gens ordinaires, Mr et Mme tout le monde, chaque lecteur se reconnait à un moment donné dans un personnage. En choisissant de raconter d'une façon simple la vie ordinaire l'auteur renvoie le lecteur à sa propre vie, à ses propres émotions, à ses propres soucis.

Gavalda met en scène des hommes et des femmes plein d'espoirs simples, ce ne sont pas des « héros », ils ne cherchent pas à changer le monde ou à prouver quelque chose. Ces nouvelles qui mettent en avant des situations et des personnes ordinaires sont racontées de façon simple. Chaque lecteur peut aisément s'identifier aux héros des récits de Gavalda.

Elle dépeint la société Française moderne, en y insérant, un langage simple, la mentalité de sa jeunesse, à l'instar de la jeune fille de la première nouvelle qui nourrie d'écrits romantiques attend l'homme de sa vie. Son attente est déçue, l'homme qu'elle a rencontré est humain avec ses défauts mais elle réalise qu'elle aussi en a puisque c'est par orgueil qu'elle décide de le quitter.

L'écrivain

Il y a beaucoup de portraits dans ces récits mais le dernier est très touchant car il s'agit de celui d'une jeune femme qui écrit des nouvelles et qui voit ses illusions s'envoler lors d'un rendez-vous chez un éditeur. Le lecteur pense immédiatement à Gavalda qui s'est vu refusé la publication de ce recueil de nouvelles plusieurs fois avant les éditions Le Dilettante.

Elle ne se cache plus derrière ses personnages ordinaires mais confie ses angoisses d'écrivain au lecteur. L'écrivain connait aussi et très souvent des moments de doutes, lui aussi à l'instar de ses personnages est à la recherche de l'amour. C'est peut être cette simplicité et cette honnêteté qui ont déclenché le succès inattendu qu'a rencontré ce recueil de nouvelles qui représente le premier ouvrage de l'auteur.

L'auteur a d'ailleurs confié : « *Je n'espérais même pas être publiée. Je voulais juste que l'on m'aide, que l'on me fasse des remarques sur mon travail. J'ai arrosé le Tout-Paris éditorial de mes photocopies. Je n'ai pas reçu un seul mot personnel, que des lettres types. Puis j'ai envoyé mon manuscrit au Dilettante, dont j'aimais les couvertures. Deux jours après, Dominique Gaultier m'a appelée pour signer un contrat. C'est une belle histoire* ». Le succès de son livre l'a prise au dépourvu, « Le succès m'est passé un peu au-dessus, car au même moment je vivais un divorce douloureux ».

IV. AXES DE LECTURE

Structure de la nouvelle

Une nouvelle est un récit fictif écrit sous forme de plusieurs paragraphes. Ce genre littéraire est apparu à la fin du Moyen Âge, proche du roman, et d'inspiration réaliste, il se distingue du conte. À partir du XIXe siècle, les auteurs raccourcissent et concentrent les histoires pour renforcer leurs effets auprès du lecteur, en finissant notamment sur un dénouement surprenant. Les thèmes se sont en outre diversifiés, fantastique, policier et de science-fiction.

Plusieurs éléments caractérisent la nouvelle, le récit ne contient qu'en seul événement, contrairement au roman. Il y a moins de personnages que dans le roman et ils sont par conséquent moins développés. La fin est inattendue, et prend souvent la forme d'une « chute ».

Il s'agit ici de nouvelles réalistes puisque l'auteur nous présente des tranches de vies. Elle met en scène des personnes ordinaires face à des situations de la vie de tous les jours. Certaines fins de récits sont facilement devinées par le lecteur tandis que d'autres le surprennent. Elle aborde des sujets quotidiens et propose des solutions humaines. Le but de la nouvelle réaliste n'est pas de finir sur une fin heureuse mais réaliste.

Le thème commun de l'amour

Le titre du recueil « Je voudrais que quelqu'un m'attende quelque part » est très significatif. En effet tous les personnages qui composent le récit attendent quelque chose, ils espèrent tous secrètement trouver l'amour. L'amour sous toutes ses formes, le premier amour, l'amour passion, l'amour maternel ou encore l'ancien amour.

Dans la première nouvelle, il y a un jeune homme et une jeune femme qui se rencontrent sur un trottoir à Paris, leurs regards s'échangent, il se passe quelque chose. Il invite la fille rêveuse qui pense déjà avoir trouvé le grand amour, celui qui est décrit dans les livres et qu'elle attend. Naturellement elle accepte, lors dîner au moment fatidique, le portable du garçon sonne, ce qui contrarie la jeune fille mais surtout l'image parfaite qu'elle s'était imaginée de ce moment. Pire encore elle le surprend jeter un coup d'œil à sa messagerie, elle part furieuse. Elle s'en veut plus à elle-même de s'être fait tout un film de cette rencontre qu'à lui qui n'a pas su jouer le rôle du parfait gentleman.

Dans « La permission », le jeune homme qui rentre chez lui pour son anniversaire espère secrètement que quelqu'un l'attende à la gare de l'Est. Même s'il sait que c'est improbable, il est quand même déçu de ne croiser aucun visage familier sur le quai de la gare. Idem à la maison, seuls ses chiens se réjouissent de son retour. Puis son frère lui présente Marie qui lui plaît d'emblée. Alors que la maison s'endort, elle apparaît nue dans le salon en train de se couvrir de papiers cadeaux.

Dans « Clic Clac », un jeune homme timide découvre l'amour, il fantasme sur une fille qui travaille avec lui, Sarah Brio depuis plus de cinq mois. En découvrant l'amour, il découvre la vie et décide d'emménager seul. La belle Sarah a du remarquer un changement puisqu'elle lui fait des avances et ils se retrouvent un soir chez lui. Il sourit car il ne sait pas comment faire pour déplier le clic-clac et Sarah succombe.

Ces nouvelles sont assez amusantes, elles mettent en scène des jeunes gens rêveurs qui espèrent malgré les tracas de leurs vies quotidiennes trouver une personne sur qui compter. Il se passe un événement qui leur permet de « concrétiser » leurs rêves, certains sont déçus et d'autres sont agréablement surpris.

Des scènes de vies ordinaires

Bien que l'amour soit le thème commun de ces récits de vie, l'auteur reste fidèle à la réalité, elle passe d'une nouvelle qui fait sourire comme « Junior » à une nouvelle tragique à l'instar du « fait du jour ». Plusieurs personnages sont également touchés par la dureté de la vie comme la femme enceinte de « I.I.G. » qui se faisait une joie d'accueillir son bébé et qui découvre qu'à six mois de grossesse, son cœur ne bat plus.

Quoiqu'il en soit la quête d'amour est omniprésente dans ces nouvelles. Au premier abord le style employé par l'auteur et les histoires racontées peuvent paraître banales banalité mais, cette façon d'écrire particulière pousse le lecteur à la réflexion à relativiser ses propres soucis puisqu'il se rend compte que ce sont ceux de tout le monde.

Avec l'écriture de Gavalda, le quotidien peut devenir passionnant. Le lecteur se prend d'affection pour certains personnages car il peut facilement s'identifier à l'un d'entre eux. Ce recueil reflète fidèlement la vie comme elle est, avec ses joies et ses peines de tous les jours mais aussi les faiblesses et les forces de ses personnages.

Dans la même collection en numérique

Les Misérables
Le messager d'Athènes
Candide
L'Etranger
Rhinocéros
Antigone
Le père Goriot
La Peste
Balzac et la petite tailleuse chinoise
Le Roi Arthur
L'Avare
Pierre et Jean
L'Homme qui a séduit le soleil
Alcools
L'Affaire Caïus
La gloire de mon père
L'Ordinatueur
Le médecin malgré lui
La rivière à l'envers - Tomek
Le Journal d'Anne Frank
Le monde perdu
Le royaume de Kensuké
Un Sac De Billes
Baby-sitter blues
Le fantôme de maître Guillemin
Trois contes
Kamo, l'agence Babel
Le Garçon en pyjama rayé
Les Contemplations

Escadrille 80

Inconnu à cette adresse

La controverse de Valladolid

Les Vilains petits canards

Une partie de campagne

Cahier d'un retour au pays natal

Dora Bruder

L'Enfant et la rivière

Moderato Cantabile

Alice au pays des merveilles

Le faucon déniché

Une vie

Chronique des Indiens Guayaki

Je voudrais que quelqu'un m'attende quelque part

La nuit de Valognes

Œdipe

Disparition Programmée

Education européenne

L'auberge rouge

L'Illiade

Le voyage de Monsieur Perrichon

Lucrèce Borgia

Paul et Virginie

Ursule Mirouët

Discours sur les fondements de l'inégalité

L'adversaire

La petite Fadette

La prochaine fois

Le blé en herbe

Le Mystère de la Chambre Jaune

Les Hauts des Hurlevent

Les perses

Mondo et autres histoires

Vingt mille lieues sous les mers

99 francs

Arria Marcella

Chante Luna

Emile, ou de l'éducation
Histoires extraordinaires
L'homme invisible
La bibliothécaire
La cicatrice
La croix des pauvres
La fille du capitaine
Le Crime de l'Orient-Express
Le Faucon malté
Le hussard sur le toit
Le Livre dont vous êtes la victime
Les cinq écus de Bretagne
No pasarán, le jeu
Quand j'avais cinq ans je m'ai tué
Si tu veux être mon amie
Tristan et Iseult
Une bouteille dans la mer de Gaza
Cent ans de solitude
Contes à l'envers
Contes et nouvelles en vers
Dalva
Jean de Florette
L'homme qui voulait être heureux
L'île mystérieuse
La Dame aux camélias
La petite sirène
La planète des singes
La Religieuse

À propos de la collection

La série FichesdeLecture.com offre des contenus éducatifs aux étudiants et aux professeurs tels que : des résumés, des analyses littéraires, des questionnaires et des commentaires sur la littérature moderne et classique. Nos documents sont prévus comme des compléments à la lecture des oeuvres originales et aide les étudiants à comprendre la littérature.

Fondé en 2001, notre site FichesdeLectures.com s'est développé très rapidement et propose désormais plus de 2500 documents directement téléchargeables en ligne, devenant ainsi le premier site d'analyses littéraires en ligne de langue française.

FichesdeLecture est partenaire du Ministère de l'Education du Luxembourg depuis 2009.

Plus d'informations sur www.fichesdelecture.com

ISBN: 978-2-511-02973-2

Notes :